# Gira, gira, girasol

Lada Josefa Kratky

NATIONAL GEOGRAPHIC LEARNING | CENGAGE Learning

Una ardilla corre por el campo. Recoge unas semillas y las esconde bajo tierra para otro día.

Llegan días de viento y de frío.
El viento ruge. La ardilla se mete
en su nido a dormir. Una semilla
queda tapada bajo tierra.

Pasan los meses de frío. Llegan muchos días de sol. La tierra recibe el calor del sol. Recibe el agua de las nubes.

La semilla recibe el calor del sol y el agua de las nubes. De la semilla aparece un pequeño tallito en la tierra.

Bajo tierra, la semilla echa raíces.
Las raíces alimentan el tallo. Le
dan el agua que necesita. Arriba,
el tallo se estira más hacia el sol.
Del tallo salen unas hojas.

Pasan los días. Salen más hojas y se dirigen hacia el sol. Aparece un capullo. También el capullo se dirige hacia el sol y pide más calor. El sol da luz y energía.

Aparecen pétalos que se estiran uno por uno. En la mañana, el sol sale de un lado. En la noche, se pone del otro. El capullo gira el día entero, de un lado al otro, hacia el sol.

Han nacido dos girasoles.
Parecen gemelos, los dos
iguales. Giran y giran en el
campo, con sus caritas hacia
el sol. Todos los días miran
para arriba y giran.

No hay viento ni hace frío.
Son días y días de sol. En el
campo, una vaca muge. Una
ardilla corretea y elige las
semillas que más le gustan.

Pasan los días de sol. Los girasoles se secan. Se secan sus semillas. Llegan otra vez días de viento y frío. El viento se lleva unas semillas. La ardilla se lleva otras.

El viento ruge. El sol se
esconde y hace frío. La ardilla
se mete en su nido a dormir.